나는 네가

좋은 사람보다

행복한 사람이었으면 좋겠어

!

* 이 책 내용 중 일부는 유은정 저자 승인을 받아
   <혼자 잘해주고 상처받지 마라>의 내용을 모티프로 작성하였습니다.

나는 네가
좋은 사람보다

I wish you were a happy person rather than a good person

행복한 사람이었으면
좋겠어

글 · 그림
박지영

21세기북스

○

두려워하지 마.

。

너를 혼자 두지 않을게!

Contents

두려워하지 마.
너는 절대 혼자 있지 않을 거야.
내가 지켜줄게!

어김없이 평범한 하루였다. 그러나 펑펑 울어서 부은 눈을 한 내 모습은 일상적이지 않았다. 이 모든 건 저 문장 때문이었다. 영화를 보다가 대사를 읽는 순간, 눈물이 났다. 그 이후 영화가 끝날 때까지 웃고 있는 사람들 사이에서 홀로 울었다. 애써 티 내지 않고, 누구에게도 말하지 않고 꾹꾹 눌러왔던 감정이 터졌다.

사실은 혼자인 매일이 외로웠다. 호기롭게 프리랜서를 택했지만 늘 새로운 그림을 그리고, 새로운 일을 고민해야 하는 매일이 두려웠다. 그러나 누구에게 마음을 털어놓지 못했다. 모든 관계는 주는 만큼 받을 수 있기를 원하기에 하나를 털어놓으면 상대방의 고민 하나를 끌어안아야 한다. 매일이 힘든 건 모두 마찬가지였고, 미래에 대한 걱정이 없는 사람은 없었으니까 아마도 고민을 털어놓기 시작하면 줄어들기보다 더 불어날 것이다. 그래서 주지 않고 받지 않는, 홀로 견디는 것을 선택했다. 한계까지 차오른 것도 모르고, 그저 견뎌내고 있었나 보다. 미처 알아채지 못했던 작은 균열에 마음의 둑은 사정없이 무너졌다.

울어서 멍한 상태로 집에 와 침대에 주저앉았다. 그러자 너무 당연하다는 듯 내 옆에 자리를 잡고 따뜻한 온도를 전해주는 생명체가 눈에 들어왔다. 너무 사랑스러워서 이름도 러블리인 나의 8살 난 고양이. 지금까지 그랬듯 기운 없어 보이는 나를 위로한다. 자신의 몸을 나에게 붙이고 따뜻한 온기를 전해주는 것으로. 그때 문득 러블리의 모습 위로 영화 속 대사가 겹쳐졌다.

순간, 안심이 되었다. 까칠하고 도도하지만 나보다 내 기분을 잘 알아주는 친구, 바라는 것 없이 내 마음을 위로해주는 친구. 몸짓과 눈빛, 행동과 울음소리로 나를 위로하는 친구의 존재를 새삼 깨닫게 된 순간이었다. 외롭다고 느꼈던 일상이 조금 나아졌다. 정글 같은 매일은 여전했지만, 그날들을 견뎌낼 수 있는 힘이 늘었다. 같은 하루임에도 이전보다 한 뼘 정도는 행복해졌다.

러블리는 여전했다. 여전히 내 등 뒤에 앉아 꾸벅꾸벅 졸기도 하고, 멍하게 다른 생각을 하는 표정을 짓기도 한다. 가끔은 나를 바라보다가 눈이 마주칠 때도 있다. 그러나 러블리가 나에게 마음을 전하고 있다 생각하니 그 전과 다른 행복이 슬그머니 다가오는 느낌이다. 등 뒤에 든든한 아군을 두고 있는 기분이랄까.

등 뒤에서 우리를 바라보는 동물 친구들의 뒷모습에는 한결같은 마음이 담겨 있다. 내 친구의 행복을 바라는 마음. 요란하게 많은 말들이 오가는 것보다 가끔 소리 없이 그저 전해지는 마음을 느낄 때 큰 위로와 위안을 받는다. 내가 러블리의 따뜻함에, 무심코 바라봐 주는 눈빛에 위로를 받았듯 말이다. 이 책은 그 마음에서 출발했다.

응원이 필요한 날, 세상에 내 편이 아무도 없다고 느껴지는 날 이 책 속 동물들이 당신만을 위한 친구가 되어 가장 사랑스러운 눈빛으로 당신에게 이야기를 전할 것이다. "나는 네가 좋은 사람보다 행복한 사람이었으면 좋겠어."라고. 그 한 마디가 마법이 되어 일상을 조금은 더 '행복'하게 만들어 줄 거라 생각한다.

○

등 뒤에 슬그머니 행복을 놓아 둘게.

○

조건 없이, 무한하게 사랑하는 마음과 함께.

Part

1

한낮과
한 밤이
지나는 동안

○
세상의 모든 문이
너에게만 닫혀 있다고 생각되는 날이 있을 거야.

。
안 좋은 생각들이 마음을 괴롭게 할 때도 있겠지.

○

그럴 때는 다른 사람의 기대를 외면해도 괜찮아.

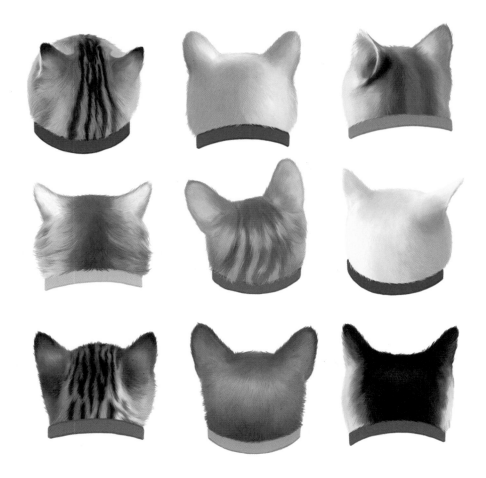

○

모두 같은 생각일 수는 없으니까,

○

모두에게 좋은 사람이 되려고 너를 괴롭히지 마.

ㅇ

너는 지금보다 더욱 사랑받고 보호받아야 해.

○

충분히 행복할 자격이 있는 사람이잖아.

당장 눈앞에 현실적인 문제를 해결하기 어렵더라도

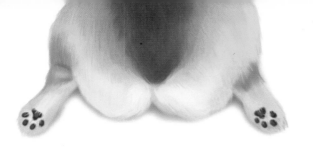
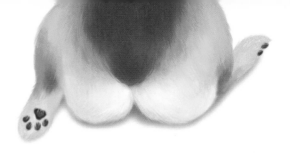

ㅇ

그 시간들은 결국 지나가게 될 거야.
분명히 좋은 날은 올 테니까.

ｏ

스스로 자신의 가치를 인정해봐.

○
스스로를 가치 없는 존재로 여기면

○

다른 사람들도 너의 가치를 알아주지 않아.

○

말하지 않으면 아무도 네 마음을 모르는 것처럼.

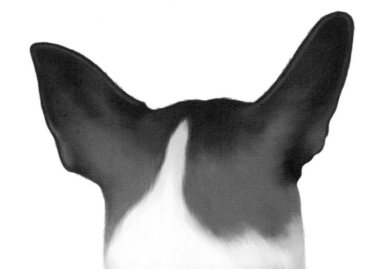

○

그러니 가끔은 너를 최우선에 두어도 괜찮아.

Part

2

빈둥거림의
달콤함

o

행복은 살아있음을 즐기는 힘이야.
매 순간 살아 있음에 감사하는 여유와

○

자신에게 야박하게 굴지 않겠다는 결심,

o

스스로에게 후한 점수를 주는 너그러움이 필요해.

○

물론 하나도 쉬운 일은 없지.

그럼에도 행복해지기 위한 노력을 멈추면 안 돼.

작은 노력으로도 행복해질 수 있어. 한번 믿어봐!

○

맛있는 음식을 상상하면,
입안 가득 행복의 맛이 채워지는 느낌이지?

○

혼자 빈둥거리는 시간이 얼마나 달콤한지도 알잖아!

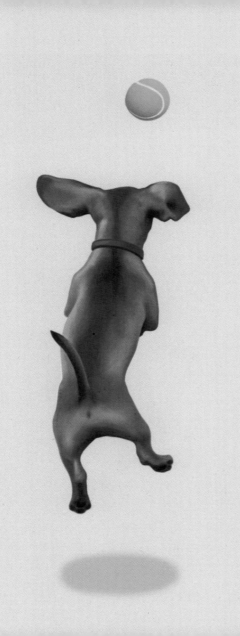

모두와 똑같은 모습으로,
바쁜 하루를 보내야만
제대로 살고 있다고 느끼는 건 아니지?

○

바쁜 게 자랑인가?
매일 바쁜 삶은 정상이 아니야.

○

주변을 둘러보면,
잊고 있던 작은 행복들이 보일 거야!

일상의 사소한 순간들이 만드는 행복을 찾아보자.

○

가끔 두려울 때도 있겠지만, 두려움을 아는 것이 진짜 용감한 거야.

○
그리고 용감한 사람은 더 쉽게 자신의 행복을 발견할 수 있지.
지금, 여기서 행복하자.

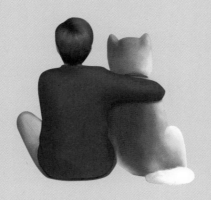

Part

3

내일은 오늘보다
좀 더 나은 하루가
되었으면 해!

○

세상에 혼자 빛나는 별은 없어.

O

다만, 혼자 행복할 수 있어야 둘이어도 행복할 거야.

○

가면을 쓰지 않아도 괜찮은 내 사람들을 찾아봐.

○

분명 어떤 모습을 보여도
부끄러울 것 없는 사람들이 있을 거야.

ㅇ

사람에 지쳐 마음을 겹겹이 포장하고,
때로는 포장된 마음을 진짜 마음이라고 착각하겠지만,
그 아래 숨어있는 진심을 들여다봐야 해.

○

걱정하지 마. 두려워하지도 마.
일상의 순간마다 내가 옆에 있을게!

○

서두르지 않고, 쉬지 않고

ㅇ

네 마음이 따뜻할 수 있게, 늘 너의 편이 되어 줄게!

'그만하면 잘 하고 있어.'라고
응원하며
곁에 머물러 있을 거야.

ㅇ

네 옆에 행복이 머물 수 있도록.

○

나는 네가 좋은 사람보다
행복한 사람이었으면 좋겠어!

KI신서 7913

나는 네가 좋은 사람보다
행복한 사람이었으면 좋겠어

1판 1쇄 발행 2018년 11월 28일
1판 2쇄 발행 2019년 1월 7일

글·그림 박지영
펴낸이 김영곤 박선영   펴낸곳 (주)북이십일 21세기북스
출판사업본부장 정지은
실용출판팀장 김수연   실용출판팀 이보람 장인서 남연정 이지연
디자인 elephantswimming
마케팅본부장 이은정
마케팅1팀 최성환 나은경 박화인
마케팅2팀 배상현 신혜진 김윤희
마케팅3팀 한충희 김수현 최명열
마케팅4팀 왕인정 여새하 정유진
홍보기획팀 이혜연 최수아 문소라 박혜림 전효은 염진아 김선아
제작팀장 이영민

출판등록 2000년 5월 6일 제406-2003-061호
주소 (10881) 경기도 파주시 회동길 201 (문발동)
대표전화 031-955-2100 팩스 031-955-2151 이메일 book21@book21.co.kr

(주)북이십일 경계를 허무는 콘텐츠 리더

21세기북스 채널에서 도서 정보와 다양한 영상자료, 이벤트를 만나세요!
장강명, 요조가 진행하는 팟캐스트 말랑한 책 수다 <책, 이게 뭐라고>
페이스북 facebook.com/jiinpill21   블로그 b.book21.com
인스타그램 instagram.com/jiinpill21   홈페이지 www.book21.com

© 박지영, 2018

ISBN 978-89-509-7860-0 03810